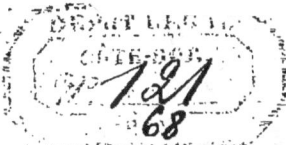

DU

LYRISME

PAR M. BENLOEW

PROFESSEUR DE LITTÉRATURE ANCIENNE A LA FACULTÉ

DES LETTRES DE DIJON.

DIJON

IMPRIMERIE J. MARCHAND, RUE DES GODRANS, 41.

1868.

DU

LYRISME

par M. BENLŒW.

DIJON. — IMP. J. MARCHAND

DU

LYRISME

PAR M. BENLOEW

PROFESSEUR DE LITTÉRATURE ANCIENNE A LA FACULTÉ
DES LETTRES DE DIJON.

DIJON

IMPRIMERIE J. MARCHAND, RUE DES GODRANS, 41.

1868.

DU LYRISME.

Le lyrisme est la poésie des peuples
qui n'en ont nulle autre ; mais il tient
encore une place très-large dans l'histoire littéraire des races les mieux douées.
C'est que l'homme, malgré l'immense
variété du sol, des climats et des mi-
lieux, est partout le même : la nature
avec ses phénomènes changeants et ses
forces redoutables, la vie avec ses vicissi-
tudes, les passions avec leur trouble ont
partout et de tout temps remué plus vive-
ment quelques âmes sensibles, et, en exal-
tant leurs facultés, les ont transportées
dans un monde idéal et lumineux où l'on
parle le langage des dieux. Les élans d'en-
thousiasme le plus souvent durent peu et
ne sont pas nécessairement contenus par un
art modérateur. Mais si le lyrisme ne produit pas d'œuvre de longue haleine, en revanche sa sève germe partout et ne s'épuise
jamais. On le retrouve qui se perd dans les
origines de cette société chinoise si peu
favorable à l'essor d'une belle imagination;

on le rencontre sur les bords du Nil, où se répètent, pendant une longue série de siècles, les accents du Manéros ; le chant funèbre d'Adonis retentit dans les plaines de la Syrie et dans l'antique Byblos ; la plainte du Bormos est chantée par les Mariandynes; celle du Lityerse par les Phrygiens, celle du Gingras par les Chittéens de l'île de Chypre. Parmi toutes les tribus barbares visitées de nos jours par nos hardis voyageurs, quelle serait celle qui ne connut pas « le noble délire » de la Muse? Il y a des chants nationaux jusque chez les Cafres et les pauvres habitants de Noukahiva. Comment la poésie lyrique serait-elle restée étrangère aux grandes nations qui sont comme les reines de l'intelligence humaine? Chez elles c'est la religion qui paraît avoir été une source d'inspiration abondante et *pérenne.* Que l'on parcoure la longue série des hymnes védiques et des prières du Zend-Avesta : quelle monotonie, quelle ferveur naïve, quelle foi ardente qui ne se satisfait que par la répétition des mêmes idées et des mêmes images ! Un grand intérêt s'attache sans doute aux premières effusions du génie de ces Aryâs destinés à faire un jour la conquête du monde. Mais de tous les peuples de l'antiquité Israël seul a écrit pour l'humanité entière. C'est que seul il a souffert pour elle ; les angoisses

poignantes de la persécution ont inspiré à
ses lévites et à ses prophètes ces cris du
cœur meurtri, ces élans de la créature vers
son créateur, ces sentiments profondément
religieux qui, en élevant depuis bientôt
vingt siècles le niveau moral du monde,
sont devenus comme le bréviaire des âmes
que l'amour divin a touchées, et qui traver-
sent les salutaires épreuves du malheur.
Les chants sacrés des Hébreux, formant
comme la chaîne mystique qui relie la personne humaine à l'intelligence et à la bonté
suprêmes, au Dieu vivant, sont uniques dans
leur genre et méritent une place à part dans
les fastes des littératures ; mais leur excellence ne saurait faire tort à l'éclat que
répandit dans un domaine voisin la Muse
si gracieuse, quoique plus profane et moins
pénétrante, de la race hellénique.

Lyriques Grecs.

1

Les chants populaires des Grecs sont,
on le devine, aussi anciens que la nation
elle-même. Qui oserait assigner une date à
l'origine de ces poésies qui naquirent à la
suite des événements joyeux ou tristes dont
la famille primitive fut le théâtre, à l'hy-
ménée, au Thrénos, à l'Olophyrmos, au
Kômos ; qui aux chants liturgiques dont le

culte était rehaussé, tels que : hymnes, péans, hyporchêmes, etc. ? Tous les états, tous les métiers avaient leurs airs favoris ; il y avait les chansons des meuniers, des boulangers, des tisserands, des vignerons, des pâtres, des bouviers et des porchers ; il y avait des berceuses et les refrains des rameurs. Les cantilènes des mendiants ne furent pas les moins célèbres; les cresiones, les chants de l'hirondelle et de la corneille, que le hasard a fait parvenir jusqu'à nous, ont un charme et une fraîcheur qu'on chercherait vainement dans les produits réguliers et savants d'un art plus tourmenté. Mais alors l'art du poëte s'enseignait, se développait et se perfectionnait dans tous les petits centres de la Grèce ; il fut toujours public, toujours à la portée de tous; il fut presque toute la vie intellectuelle de ce peuple privilégié qui pendant des siècles ne connut pas la distinction fâcheuse entre des classes lettrées et une foule ignorante. C'est précisément parce que tous les enfants de la Grèce suivaient le mouvement de l'art national, que le chant populaire, œuvre non châtiée de l'improvisation, n'obtint pas les honneurs d'un classement et fut rapidement abandonné aux hasards de la tradition orale. Le classement a été fait avec un goût exquis et un sens artistique des plus sûrs par les grammairiens d'A-

lexandrie. Il a été amélioré encore par les
philologues de l'Allemagne, qui, à l'aide
d'une critique patiente et d'une fine analyse,
ont démêlé dans la longue suite de la poésie
grecque les trois grandes phases de l'épopée, du lyrisme et du drame. En effet, elles
se succèdent aussi naturellement, aussi nécessairement que le bouton, la fleur et le
fruit sur le même arbre. A chaque nouvelle
forme de l'inspiration poétique répond une
nouvelle forme du rhythme et du chant.
Mais ce que l'on n'a pas assez dit, peut-être
parce que l'on ne l'a pas assez compris,
c'est que ces évolutions littéraires si éton-
nantes de régularité de la Grèce ne paraissent être que l'expression de ses révolu-
tions politiques. Ce n'est certes pas l'effet
d'une coïncidence fortuite, si l'ère des aèdes est aussi celle des vieilles dynasties illustres dont ils chantent les exploits, la
grandeur, les crimes et la déchéance ; si,
ces dynasties ayant disparu, leurs légendes
étant tombées dans le domaine public, la
mission de continuer la tradition poétique
glissa aux mains de ces optimates qui jadis
avaient fait cortége aux rois dont ils vin-
rent prendre la place ; si la poésie nouvelle s'appliqua à faire vivre le présent,
comme la poésie ancienne avait célébré un
passé héroïque ; si elle substitua aux longs
récits qui charmaient les aïeux l'ode ma-

jestueuse, l'élégie d'une pénétrante langueur, l'iambe rapide et impétueux, l'épigramme svelte et incisive, rachetant ainsi par l'intensité des sentiments et l'éclat des images ce qui manquait à l'étendue des œuvres nouvelles. Niera-t-on enfin qu'avec la transformation des fêtes de Bacchus, le dieu populaire, le dieu des petites gens, dont Homère avait à peine daigné parler, avec l'extase poétique où elles jetaient quelques génies créateurs, on vit naître et se développer sous la présidence de ce dieu cette imitation tantôt sérieuse, tantôt plaisante, de la vie, qui a le nom de *drame?* Si on en découvre les commencements de ci et delà à Sicyon, à Corinthe, à Mégare, dans les cités ioniennes notamment, partout enfin où la monarchie *nouvelle* s'efforçait de réagir contre les prétentions d'optimates ambitieux et turbulents, il est certain aussi que le genre nouveau n'arriva à son plein épanouissement qu'à Athènes, la cité démocratique et républicaine.

II

Dans l'antique épopée la parole avait été aux événements. Le rhapsode s'était effacé derrière les faits, dont son art naïf déroulait avec complaisance le fil interminable. Les vers succédaient aux vers, les chants aux chants ; le rhythme à l'usage du poète, c'était l'hexamètre κατὰ στίχον, l'hexamètre toujours le même, varié et mobile dans ses mouvements, mais uniforme et identique quant à son essence. Entre les mains des lyriques, les récits des aèdes devinrent le *substratum*, la matière d'un genre nouveau qui y puisait ses connaissances et ses exemples, mais où régnait désormais une pensée personnelle applicable aux intérêts du présent, revenant avec persistance et s'imposant énergiquement à l'âme des auditeurs. Avec la nature de la poésie on vit changer celle du rhythme : les phalanges innombrables de vers héroïques firent place aux groupes binaires du distique, dont chacun, le plus souvent, emprisonnait dans ses étroites limites une idée unique ; les accords modestes de la lyre cédèrent le pas aux sons pétulants de la flûte phrygienne. *L'élégie* était trouvée. Elle respirait d'abord l'ardeur des combats comme dans l'Iliade la jeune épopée. *Kallinos*, qui vivait à Ephèse au huitième siècle, excita ses concitoyens à la résistance contre ceux de Magnésie ; *Tyrtée*, qui, au septième, habitait tantôt Milet, tantôt l'Attique, vanta la destinée de ceux qui meurent courageusement pour la patrie. Il est beau, s'écrie-t-il, de voir l'adolescent marcher au premier rang et passer de vie à trépas le javelot mortel dans la poitrine, la face tournée contre l'ennemi. Par son recueil intitulé *Eunomia*, qui dans l'antiquité jouissait d'une grande réputation, il apaisa, dit-on, les Messéniens révoltés. Il faut distinguer des élégies de Tyrtée ses marches militaires (ασματα εμβατηρια) écrites en dialecte dorien et dans le rhythme anapestique ; l'armée spartiate les chantait lorsqu'elle se préparait à l'attaque. Il nous en reste un petit fragment.

On le voit, le temps était loin où l'humble rôle du poëte consistait à charmer le roi et ses nobles compagnons par le récit des hauts faits des ancêtres, tandis que leurs descendants se livraient à toutes les joies du banquet. Il fallait parler désormais à tout un peuple pour l'émouvoir, le convaincre et l'entraîner. C'est qu'après la chute de la royauté patriarcale le peuple réclama à son tour sa part dans le gouvernement de la cité. Après les émotions de la guerre au dehors, voici venir celles de l'agora et les brigues ardentes des chefs de parti. Pour produire une impression plus profonde sur les esprits, les premiers hommes de la république, en exposant leurs vues, eurent recours à la poésie ; celle-ci devint comme la presse du jour, elle commença à refléter toutes les exigences, toutes les inquiétudes, toutes les fluctuations de l'o-

pinion publique. *Solon*, indigné de la loi
qui défendait aux Athéniens de songer à
reconquérir l'île de Salamine, leur antique
possession, simula la folie, et le chapeau de
héraut sur la tête, chanta devant ses concitoyens rassemblés une élégie longue de
cinquante distiques, par laquelle il les en-
couragea à tenter une entreprise nouvelle
sur cette île. La proposition, comme on
sait, fut enlevée, mise à exécution et cou-
ronnée d'un plein succès. Plus tard Solon
publia des exhortations (παραινέσεις, ὑποθήκας)
dans lesquelles il reprocha à la caste des
nobles son orgueil, son avarice, toutes les
iniquités d'un gouvernement oppressif et
tyrannique ; il y revendiqua les droits du
grand nombre, et il réclama un changement
dans les institutions du pays. Ces institutions furent pour lui l'objet d'un autre
poëme en cinq mille vers, dit-on : ce qui
est certain, c'est qu'il avait hésité s'il ne
donnerait pas une forme rhythmique aux lois
célèbres qui ont fait la grandeur d'Athènes.

Les allures sentencieuses (τὸ γνωμικόν) de
la poésie de Solon se retrouvent à un degré
plus marqué dans les écrits de Pittakos,
dont il ne nous est presque rien parvenu, et
surtout dans ceux de Théognis de Mégare,
cet aristocrate incarné dont l'humeur vio-
lente avait été excitée encore par le triom-

phe du parti populaire et par la perte de
son patrimoine que ce dernier avait confis-
qué. Pour lui, les nobles seuls sont les honnêtes gens; il désigne ses adversaires par les
noms de drôles et de misérables auxquels il
défend aux siens de s'unir par les liens du
mariage, et auxquels il dénie le droit de
posséder ces richesses indispensables à la
classe privilégiée pour vivre conformément
à son rang. La poésie gnomique eut encore
de dignes représentants dans les philosophes Phocylide de Milet, et Xénophane de
Colophon. Plus tard, Ion de Chios sut lui
donner plus de légèreté et de grâce : il sut
la rendre propre à être chantée à des festins
par de joyeux compagnons.

Mais l'élégie n'a pas été cultivée seulement par les politiques et les moralistes : de
bonne heure elle a eu aussi ce caractère
plus général de réflexion triste et de douce
mélancolie qu'on est habitué à y chercher
de nos jours. Elle pleure sur la brièveté de
la vie humaine, sur la perte de nos illusions
et sur la fuite du fragile bonheur que nous
procurent la jeunesse, la beauté et l'amour.
Mimnermos de Colophon est sans rival
dans ce genre, qui brillait par une mollesse
tout ionienne. Il essaya cependant de rap-
peler à ses compatriotes leur antique valeur
en chantant les victoires remportées par
ceux de Smyrne sur Gygès, roi des Lydiens.

Malheureusement, les Grecs du Levant, énervés par les douceurs d'un climat trop heureux, par le luxe et les voluptés importées au milieu d'eux par leurs voisins asiatiques, perdirent de plus en plus le culte des Muses viriles. *Simon* de Magnésie et *Sotade* de Crète composèrent des poëmes qui portèrent le nom de ce dernier et furent synonymes pendant toute l'antiquité de luxure et d'impureté. On en vint à appeler poésies ioniennes (ἰωνικά) toutes les compositions d'un caractère lubrique et ordurier.

Une dernière variété de l'élégie est l'épigramme. On pourrait la définir une élégie gnomique réduite aux proportions d'un distique unique. Comme son nom l'indique, elle servit de bonne heure d'étiquette aux monuments publics consacrés par la gloire, ou encore par le deuil ou la joie des populations. L'art sut lui donner une forme simple, sobre et gracieuse ; et on n'y trouve pas, chez les Grecs au moins, ces pointes tantôt spirituelles, tantôt ironiques, qu'on est habitué à y chercher dans les lettres modernes. Ils en ornaient les temples, les ponts, les trophées, les ex-voto et les sépulcres. La plus célèbre épigramme était celle que Simonide de Céos composa en l'honneur des Spartiates morts aux Thermopyles. L'antiquité entière savait aussi par cœur son élégie sur les enfants d'Athènes qui avaient succombé à. Marathon en repoussant les Perses. Plus qu'aucun autre poëte, Simonide savait faire entendre ces accents mélancoliques et navrants qui donnèrent tant de charmes à sa célèbre *Plainte de Danaé*.

III

Comme l'élégie était sortie de l'ancien chant héroïque, le poëme iambique jaillit de la parodie de l'épopée. Dans le Margitès, si goûté des anciens Grecs, chaque hexamètre, nous dit-on, aurait été doublé d'un senaire, pour ajouter, par la bizarrerie du rhythme à l'effet comique des pensées. Sans doute, la critique de nos jours semble avoir démontré que le Margitès n'aurait renfermé d'abord que des hexamètres, et que cette espèce d'interpolation de toute une épopée doit être attribuée à un nommé *Pigrès* qui n'a vécu que bien longtemps après *Archiloque*. La légende rapportée par nous n'en indiquerait pas moins le véritable caractère du poëme iambique. Or ce fut *Archiloque* (vivant au septième siècle), qui, dans ses *épodes* où se mêle encore à l'impétuosité un peu familière de l'iambe la majesté du dactyle, montra tout ce que peut la satyre aiguisée par la haine, lorsqu'elle est maniée par un homme de génie. Il est maître de la poésie provoquante : les anciens qui admiraient le calme olympien d'Homère, considéraient Archiloque comme l'idéal de la fougue .indomptée, de la passion personnelle. D'ailleurs ses poëmes, comme ceux d'Homère, étaient colportés partout et déclamés par les rhapsodes. Son successeur le plus brillant fut *Simonide d'Amorgos* connu par sa satyre sur les femmes dont sa verve sarcastique burina tous les types imaginables. — Il y compare la méchante au singe, la malpropre au porc, la coquette au cheval, etc. — *Hipponax* d'Ephèse stigmatisa la luxure et la prodigalité des Grecs de l'Anatolie ; il inventa un vers nouveau, l'iambe boiteux (choliambe), en remplaçant le dernier pied du senaire par le spondée ; on peut s'assurer dans quelques pièces de Catulle de l'effet bizarre produit par ce rhythme étrange. Hipponax fut plus mordant encore que ses prédécesseurs, ainsi que le Rhodien Timocréon qui poursuivit le grand Thémistocle de ses traits les plus acérés.

IV

C'est dans les cercles brillants de l'aristocratie de Lesbos que naquit un nouveau genre de lyrisme, plus passionné que l'élégie, plus sérieux que l'iambe, où les émo-

.tions de l'âme se révèlent dans toute leur
force et toute leur profondeur. Leur vio-
lence, que le mouvement un peu uniforme
du distique et du sénaire n'aurait pu con-
tenir, s'élançait tantôt dans le rhythme
brusque et ascendant de la strophe alcaïque
et tantôt s'exhalait dans les harmonies
d'une molle et suave langueur de la strophe
à laquelle *Sappho* imprima avec son nom
un charme impérissable. *Alcée*, qui donna
le sien à la première, fit à ses adversaires
politiques, aux partisans du peuple, une
guerre plus acharnée par ses ardentes poésies qu'avec son bras, qui cependant ne
manquait pas de valeur. Mais il chanta aussi
le printemps, l'amour et ce *dive* nectar de
l'homme qui chasse au loin le souci, le
vin généreux de l'île de Lesbos. Rien n'é-
gale en revanche la fougue du sentiment,
les tendresses pénétrantes, les navrantes
mélancolies d'un cœur esclave de la maîtresse passion, qui éclatent dans les adora-
bles créations de celle que l'antiquité déjà
d'une commune voix appelait la dixième
Muse. Toute cette poésie était chantée
(μελικὴ ποίησις) et probablement déjà en
chœur ; elle s'accompagnait de la harpe, et
on y distinguait les tons affectés à la voix de
l'homme et à celle de la femme. C'est le
lyrisme passionné par excellence, tel que
pouvait le cultiver la race emportée et tur-

bulente des Eoliens. Inventé et perfec-
tionné par les Thalétas, les Terpandre,
les Arion, il eut même, après Alcée et
Sappho, un glorieux représentant dans
Anacréon de Téos qui tendit plus molle-
ment les cordes de son barbiton, mais qui
traita les mêmes sujets que ses illustres devanciers dans le doux idiome des Ioniens.
Nous ne possédons plus de lui que quelques
pauvres fragments : les poëmes entiers qui
courent sous son nom, écrits dans des
rhythmes légers et badins, ne portent pas
l'empreinte de l'époque classique et sont
dûs à des plumes plus récentes et moins
vigoureuses. A côté, ou plutôt au-dessous
de Sappho, on compte parmi les maîtres
de la poésie mélique encore quelques noms
de femme tels que Télésilla d'Argos, Pra-
xilla de Sicyon, Myrtis d'Anthédon, Erinna
de Téos, etc. On attribue à cette dernière
un poëme (περὶ Ῥώμης) qui ne paraît qu'une
plate allégorie, si l'on suppose que l'auteur
a voulu prendre pour sujet la *force abstraite*, mais qui ferait honneur à son tact,
à sa finesse et à la justesse de son inspiration, s'il avait voulu célébrer la capitale
du monde antique. Seulement, dans ce cas
plus favorable, l'auteur ne pourrait plus
être Erinna de Téos.

V

C'est dans la poésie des Doriens que le lyrisme grec atteint son point culminant. Ici ce n'est plus nécessairement une pensée personnelle et passionnée qui inspire le poëte ; son exaltation puise à des sources plus pures ; il chante la puissance des dieux, d'Apollon surtout, le dieu tutélaire de la race de Doros; il célèbre les traditions des ancêtres, la gloire de la cité, les victoires de ses enfants, la vie nationale enfin dans ses manifestations les plus honnêtes et les plus viriles. A mesure que la pensée du *vates* prend de l'ampleur et s'affranchit de tout mobile étroit et de toute entrave vulgaire, le rhythme et la musique suivent cet essor de son âme. Ils déploient une variété de motifs, une richesse d'intonations et de mètres qui confondent les esprits inexercés, mais où se révèle pour les initiés une merveilleuse unité harmonique, à laquelle répond, dans le développement du sujet l'unité d'une idée-mère donnant naissance à un vaste et admirable *fouillis* d'images, d'aperçus et de détails gracieux, de saillies inattendues, de récits et d'épisodes mythologiques et légendaires. La strophe appelle l'antistrophe comme un écho ; l'épode elle-même, semblable aux refrains de nos lais, se répète à des intervalles plus espacés ; c'est ainsi que la pensée du poëte, après avoir circulé en mille méandres gracieux, revient à son point de départ. Ajoutez que les pas variés de la danse se mariaient aux sons de la musique et aux cadences du rhythme, et vous aurez une image, vague et affaiblie, il est vrai, de ces *représentations* lyriques, œuvres des premiers talents de la nation (réunissant en eux la triple fonction de poëte, de compositeur et de maître de ballet) et exécutées par des chœurs de jeunes gens et de jeunes filles, d'hommes et de femmes, choisis avec le plus grand soin et formant l'élite de la population. Cette admirable poésie embrassait toutes les variétés de l'effusion lyrique : chants religieux de tout genre (péans, hyporchèmes relevés par la pantomime, παρθένια ou chants de jeunes vierges, προσόδια ou chants de procession, etc.), chants de fête ou de banquet (σκόλια, hyménées, chants funèbres ou thrénodies, etc.), chants enfin composés en l'honneur des vainqueurs des grands jeux de la Grèce ; et c'est cette poésie qui, en s'adressant à toutes les classes de citoyens et étant exécutée par tous à tour de rôle, a préparé les débuts du drame.

C'est le Spartiate *Alcman* qui paraît avoir été le fondateur du lyrisme *chorique*. Plus fécond que lui fut *Stésichoros* d'Himéra,

2

qui adapta le nouveau genre à bon nombre
de sujets empruntés à l'épopée, et qui le
premier varia par l'épode l'alternation un
peu monotone de la strophe et de l'antistrophe. *Ibycos* se distingua par ses chants
érotiques dont nous regrettons peu la perte
puisqu'ils traitaient d'un amour qui répu-
gne aux sens plus délicats des modernes.
Xenodamos de Cythère et *Lasos* d'Her-
mione, deux musiciens célèbres, ainsi que
le beau génie de Corinne, jetèrent un vif
éclat qui fut éclipsé cependant par l'incomparable triade de Simonide, de Pindare et
Bacchylide. D'eux tous Pindare seul nous
est bien connu. Heureusement il est le premier : il nous étonne par les glorieux res-
tes d'une série de chefs-d'œuvre uniques
dans leur genre et réellement inimitables.
Dans les quarante-cinq odes triomphales
qui nous sont parvenues sous son nom, se
montre, illuminée du rayonnement d'une
imagination orientale, et circulant dans des
systèmes rhythmiques d'une grandeur ar-
chitecturale sans pareille, une noble poésie
toujours maîtresse de son sujet et maîtresse
d'elle-même, visant au plus haut, conser-
vant une fière indépendance même vis-à-vis
de puissants souverains, dont elle était appelée à préconiser les vertus et à illustrer
les victoires.

VI

Dans les *odes dithyrambiques* affectées exclusivement au culte de Bacchus et qu'Arion arrangea le premier pour des chœurs d'hommes exécutant des rondes autour de l'autel du dieu, l'inspiration lyrique des Grecs paraît décliner par les emportements même d'une extase qui ne voulut admettre aucun frein, fût-ce celui du retour régulier des rhythmes et des figures chorégraphiques. La folle du logis, n'étant plus retenue par le calme de la réflexion, se donna une libre carrière et courut se perdre dans des hauteurs nuageuses, tandis que la langue, la licence métrique et le mélange de tous les modes aidant, semblait vouloir reprendre le chemin de la prose. C'est au moment où il allait disparaître que le lyrisme, pareil au phénix, ressuscita aux premières lueurs que répandit la poésie naissante du drame. On sait avec quel bonheur le peuple de tous les cantons de la Grèce se faisait raconter et représenter par la pantomime la vie, les exploits, le martyre et la résurrection de ce dieu qu'il chérissait tendrement et qui passait pour le génie le plus bienfaisant et le plus civilisateur du monde antique. Ce furent les coryphées, les précenteurs du

dithyrambe qui sortant des rangs du chœur
se mirent à donner devant le peuple ras-
semblé l'explication de la cérémonie religieuse à laquelle il allait assister. C'était
une infraction à l'ancienne liturgie, une
liberté qu'on n'osa prendre qu'avec le bon
Bacchus, la plus jeune des divinités grec-
ques, la plus rapprochée du pauvre monde,
et qui conquit bien tardivement sa place
à côté des dieux aristocratiques du primi-
tif Olympe. Bientôt on alla plus loin dans
cette voie. Tout en continuant à solenniser
ses fêtes, on le remplaça dans les représentations publiques par d'autres demi-
dieux et héros qui, comme lui, avaient
lutté et succombé, qui, comme lui, avaient
laissé une trace lumineuse après eux : quelques-uns en comblant de leurs bienfaits
le genre humain, d'autres, d'une vertu plus
mélangée, en réhabilitant la justice divine
par l'expiation de grands forfaits. De bonne
heure aussi on vit se mêler à ces récits presque religieux des contes inventés
uniquement pour amuser la foule, ce qui
détermina Solon à faire contre Thespis la
sortie que nous raconte le bon Plutarque. Le
grand législateur se douta peu que ce nouveau genre, qu'il jugea avec tant de sévérité, allait renouveler la face de la poésie
grecque, fonder une espèce de morale en
action d'un effet merveilleux sur les masses

populaires, donner comme la première
ébauche d'une philosophie de l'histoire
expliquant aux hommes les destinées des
nations et des individus — et que ce genre,
en couvrant Athènes d'une immense gloire,
allait ouvrir une source inépuisable de
jouissances supérieures à tous les âges et à
tous les peuples du monde.

Le coryphée qui donnait les explications
était le premier acteur du drame et pendant un certain temps il en resta le seul ;
pourtant, le nombre en augmenta bientôt :
par la brèche faite à l'ancienne solennité
du culte, glissa peu à peu l'épopée avec
tous ses mythes et toutes ses légendes. Le
passé tout entier sortait vivant de son tom-
beau séculaire et se racontait lui-même à
des spectateurs encore naïfs et plus que
jamais avides de connaître et de s'instruire
en s'amusant. C'est dans le drame (δρᾶμα,
action) ainsi constitué, que le chant lyrique
trouva un asyle : — il en fut longtemps la
partie importante et pour ainsi dire cen-
trale, la pièce solennelle et classique qui
rappelait l'origine toute religieuse de cette
fête de l'esprit. Néanmoins, absorbé de
plus en plus par le drame et cessant d'être
cultivé avec prédilection et pour lui-même
par les talents les mieux doués de la nation, le lyrisme, comme branche littéraire
indépendante, devait décliner et peu à peu

disparaître de la scène. La musique grecque traversa sans doute encore bien des
phases : les Kinésias, Timothéos, Philoxé-
nos, Télestès et Krexos innovèrent beaucoup dans les principes observés de leurs
devanciers et s'attirèrent par là plus d'une
verte réprimande de la part des poëtes de
l'ancienne et même de la nouvelle comédie.
Les Alexandrins nous apprennent qu'il
existait de leur temps une pleïade de
grands lyriques où ils auront fait figurer
probablement Myro, Nossis, Anyté de
Tégée, ainsi que les poëtes élégiaques et
érotiques Philétas, Hermesianax, Phano-
clès. — Une place à part était peut-être
réservée à la Muse savante mais un peu
pénible et ténébreuse de Callimaque. Tout
cela n'est que de la poésie de cabinet, ce
n'est plus le vrai lyrisme inspiré par un
peuple libre, composé pour une foule pa-
triotique qui en répétait les accents et qui
s'en appropriait la pensée, soit en l'expri-
mant directement par le chant, ou en le
symbolisant par les pas de la danse.

Citons à la fin comme simple curiosité
littéraire, les hymnes de Dionysios et de
Mésomédès qui datent du temps d'Adrien,
et qui n'ont de valeur pour nous que
parce qu'ils nous sont parvenus accompa-
gnés de notes musicales — les seules, si
nous exceptons quelques pauvres fragments

du chant pindarique, qui nous restent de
toute l'antiquité.

Lyriques Latins.

I

Chose singulière ! Rome n'a jamais connu
de poésie lyrique *nationale*. Ce que nous
en savons au moins et ce que l'on peut en
deviner ne saurait être avoué par l'art le
plus modeste et le moins exigeant. Ce sont
des antiennes entonnées au commencement
du printemps par les prêtres de Mars (les
Saliens) en l'honneur des dieux et des
hommes d'État les plus célèbres ; ce sont
encore quelques vers mutilés de la prière
des frères Arvales, implorant du ciel la
fécondité du sol et sa protection contre les
maladies. C'étaient aussi, à ce qu'il paraît,
des chants d'un caractère moral et religieux, qui retentissaient de temps en temps
aux banquets (*carmina convivalia*), c'é-
taient enfin les fameux *versus fescennini*,
chansons légères et même lubriques, mu-
nies d'un refrain, improvisées le plus souvent le soir des noces par des chœurs de
campagnards se donnant la réplique, circonstance qui leur valut le nom de *carmina
amœbœa*. Encore toutes ces poésies fu-
rent-elles composées dans l'affreux rhythme
saturnien (*saturnius horridus*).

N'oublions pas que la gravité du caractère romain, que la sévérité des mœurs de
la vieille république ne permettaient à personne de célébrer les joies impures d'un
amour libre, d'adorer publiquement cette
Vénus impudique qui trouble les sens et
alanguit les cœurs. Le mariage était sa-
crosaint à Rome : pendant plus de quatre
siècles le divorce y resta inconnu ; la vie y
était austère, laborieuse, et, si l'on peut
s'exprimer ainsi, toute de prose. Quelle
place pouvait-il y avoir pour le lyrisme dans
une société où il passait pour déshonnête
dans un citoyen non-seulement de paraître
sur les tréteaux, mais encore de danser ou
de jouer d'un instrument de musique.

La poésie lyrique des Romains est donc
et a dû être une des importations les plus
tardives du génie grec, un des produits les
plus artificiels d'un art qui s'était formé
au contact d'un art supérieur. Le lyrisme
fit son apparition à Rome après le drame, et
parce qu'il était sans écho dans la foule
que le drame impressionnait, et parce que
le rude idiome de Latium eut besoin d'un
long travail sur lui-même avant de pouvoir
aborder l'imitation des rhythmes les moins
compliqués que la Muse hellénique avait
créés comme en se jouant aux premiers jets
de son inspiration. Quant à l'ode dorienne,
les poëtes romains eurent la sagesse de ne
pas en tenter l'aventure.

II

C'est *Catulle* qui a la gloire de mener le
chœur des lyriques de Rome. Il s'est essayé
non sans bonheur aux rhythmes les plus
divers (iambes, choliambes, distiques, stro-
phes saphiques, et même galliambes), et il
a préludé à presque toutes les variétés du
genre. Il commence par l'imitation des
Alexandrins (notamment de Callimaque
dans *la Chevelure de Bérénice*) et il remonte
jusqu'à Sappho ; mais il ne brille pas trop
dans l'élégie. Tout jeune homme il s'était
laissé prendre aux charmes de la femme
de Métellus Celer (la fameuse Lesbie),
courtisane éhontée, dont ce tendre berger
chantait le *moineau*. Revenu de son égare-
ment, il cultiva l'épigramme et les iambes
vengeurs. Le Céladon se réveilla frondeur
et poursuivit de ses invectives César et ses
adhérents (surtout Mamurra). De même
que ses sentiments recélaient encore un
vieux levain républicain, ses vers aussi,
quoique naturels et déjà coulants, sont
constellés de nombreux archaïsmes. Ses
petites poésies sont comme la chronique
scandaleuse du temps, et comme telles,
elles méritent déjà le reproche qui atteint
à peu près tous les successeurs de Catulle :

Le latin dans les mots brave l'honnêteté.

Il n'atteint pas *Tibulle* qui, dans les distiques les plus beaux que connaissent les
lettres romaines, célèbre les douceurs de
la vie champêtre et du foyer domestique
embelli par l'amour. Celui qu'il éprouva
pour Délie, qu'un mariage « de raison »
lui enleva, lui laissa de tendres regrets.
Vainement s'éprit-il d'une affection nouvelle pour le beau Marathus, puis pour la
cupide et froide Némésis ; il ne cessa de
porter le deuil de sa première, de sa vraie
passion. L'élégie de Tibulle est sentimen-
tale, et c'est par là qu'elle a gagné le cœur
des modernes. Nous ne dissimulerons pas
que dans la bouche d'un Romain le retour
des mêmes langueurs nous paraît singu-
lièrement fade. Nous croyons aussi que
derrière les apparences du naturel Tibulle
cache plus d'art qu'on ne pense : il s'était
aperçu du bon effet produit par la note
qu'il avait été le premier à faire entendre.
Il la répéta à satiété en la perfectionnant.
D'ailleurs l'amour sentimental, pour se faire
supporter, a besoin de deux qualités qui
ont manqué à Tibulle : une pureté vrai-
ment platonique et une fidélité à toute
épreuve.

Aussi aimons-nous mieux *Properce*, le
peintre des voluptés ardentes, le héros
d'une passion profonde, toujours satisfaite
et toujours inassouvie. On comprend que

les descendants des Decius et des Scipions
aient montré dans la carrière des amours
et des plaisirs la puissance colossale dé-
ployée par leurs ancêtres sur les champs
de bataille. Properce est imitateur avoué des
Grecs, de Callimaque surtout, avec lequel
il ne croyait pas pouvoir rivaliser et qu'en
réalité il surpassa. Comme les élégiaques
grecs, lui aussi puisa largement aux tré-
sors du mythe, et comme eux il aima à
comparer ses émotions et ses souffrances à
celles des héros des temps légendaires. Sa
Muse à la fois court-vêtue et savante, toute
parée d'atours helléniques, laisse échapper
de ces cris stridents de la passion, qui
ébranlent et vous enlèvent sur les ailes fou-
gueuses d'un langage vigoureux, mais souvent obscur. Mais avec quelque vérité que
Properce ait décrit ses sensations, on découvre dans ses peintures comme dans
celles de beaucoup de Romains un art un
peu tendu, qui, pour montrer le *naturel*
dans tout son jour, l'outre et quelquefois
le dénature.

Comme poëte lyrique *Ovide* ne saurait
être placé au premier rang malgré sa pro-
digieuse facilité et son dilettantisme presque universel. Dans ses *Héroïdes* et ses
Amours domine une rhétorique un peu dé-
clamatoire qui toutefois n'est pas sans une
certaine grâce. Mais dans ses *Fastes* et ses

Epîtres du Pont il se met lui-même en scène : son exil immérité, sa longue séparation de sa famille et de ses amis lui arrachent des plaintes touchantes. Des traits d'esprit se rencontrent de loin en loin malgré le ton déprimé qui règne dans ces compositions. Ce sont des épanchements de cœur, ce ne sont pas des créations que l'art ait inspirées. Dans son *Ibis*, imitation d'une pièce du même nom dont Callimaque est l'auteur, la main d'Ovide a faibli, son génie l'a trahi, le grand poëte a cessé d'être lui-même.

III

Nous avons réservé jusqu'ici Horace, le plus grand des lyriques de Rome, quoiqu'il ne soit ni sentimental ni élégiaque, qu'il ait été d'une veine peu féconde et doué d'une imagination peu ardente ; c'est qu'il sut racheter tout ce qui lui manquait par un goût exquis, par un tact parfait, par la finesse de son esprit, par la sûreté de sa critique, par la lecture et l'étude incessantes des grands modèles de la Grèce, par la lenteur calculée d'une composition déjà naturellement laborieuse. Ce n'est que dans la maturité de l'âge qu'il publia les trois premiers livres de ses odes qui initièrent la société romaine aux harmonies de la poésie lesbienne, et où il avait réussi à écrire sur des *pensers* romains des vers d'une beauté classique. — Dans le premier livre on sent encore les tâtonnements d'un esprit qui se forme, qui n'est pas assez sûr de lui, qui choisit, au gré de sa fantaisie et aussi de ses forces, quelques morceaux dans la vaste anthologie des maîtres grecs ; mais dans le second son inspiration prend de l'envergure, et dans le troisième elle arrive à toute la puissance et à toute l'originalité dont le lyrisme des Romains était capable. En effet, ce sont surtout les rhythmes qui trahissent l'origine étrangère ; les sujets appartiennent le plus souvent au monde romain, à sa politique, à ses lettres, à ses mœurs. Le *carmen sœculare* qu'Horace composa plus tard à la prière d'Auguste, nous charme par sa simplicité majestueuse ; il fut suivi du quatrième livre des Odes, par lequel il dit adieu aux jeux du *mélos*, après avoir revendiqué sans fausse modestie la première place dans le genre transplanté par lui sur le sol italien. Mais il rendit hommage au génie incomparable de Pindare avec lequel il ne voulut pas lutter, désespérant de l'atteindre (*operosa parvus carmina fingo*).

Précédemment il avait fait paraître un livre *d'épodes :* le nom seul dit que ce fut Archiloque qui les lui inspira ; elles sont

vives, alertes, le plus souvent personnelles,
quelquefois pathétiques et âpres. C'est de
la poésie de circonstance, tandis que les
odes traitent davantage de situations et de
sentiments d'un ordre général.

Mais ce qui a assuré à Horace une incon-
testable supériorité, ce sont ses *satires*
(*sermones*), par lesquelles il débuta dans la
carrière littéraire, et ses *épîtres* par lesquelles il la termina, son excellent art
poétique n'étant lui-même qu'une espèce
d'avant-propos de ces dernières. Dans le
parterre de la poésie romaine la satire est
la seule plante qui ne soit pas exotique;
elle est du crû du pays, et elle en a la saveur. Dans le domaine des lettres elle tient
le même rang que la censure dans le sys-
tème des institutions républicaines. C'était
anciennement entre les mains du peuple
un dialogue improvisé à certaines solenni-
tés, caustique et provoquant. *Ennius* le premier publia six livres de satires, espèce de
mélanges et d'essais à tendance morale,
où la prose et la poésie se coudoyaient sans
façon. C'est sous la plume de l'honnête
Lucilius, Romain de vieille roche, que la satire devint un genre littéraire, genre émi-
nemment national qui devait traverser
plusieurs phases et changer suivant les destinées changeantes de la ville éternelle.
Lucilius écrivit trente livres de satires,

auxquelles le mélange capricieux des rhythmes et le fréquent emploi de termes grecs
non latinisés donnèrent l'air de compositions macaroniques. Il y attaqua sans mé-
nagement (*stricto ense*) l'avarice, le luxe
éhonté, la perfidie des Romains du deuxième
siècle avant notre ère : et il ne se borna
pas à flétrir ces vices en théorie seulement,
il marqua du stigmate de l'infamie tous les
coquins grands et petits (*primores populi,
populumque tributim*) qui déshonoraient la
réputation jusqu'alors intacte du grand
nom romain. Les *satiræ menippeæ* de Te-
rentius Varron avaient des allures plus
inoffensives ; elles paraissent avoir ridicu-
lisé entre autres les philosophes dogmati-
ques du temps et critiqué sévèrement le
dérèglement des mœurs qui gagnait de proche en proche. Nous citerons seulement
pour la mémoire l'invective intitulée *Diræ*
du grammairien *Valérius Cato*, et nous re-
venons à Horace qui donna à la satire sa
plus haute expression et sa forme classique.
Il ne foudroie pas des vices qui avaient
passé dans les mœurs ; il abandonne la politique dont le champ était désormais in-
terdit aux citoyens ; il ne poursuit plus de
ses traits que des particuliers ; encore a-t-
il soin d'en émousser la pointe. Sa fine iro-
nie éclaire d'un demi-jour discret les tra-
vers, les faiblesses, les folies, le luxe futile

d'une société énervée. Il jugea la nature
humaine sans illusion, il n'en présuma pas
trop. On serait injuste si on réclamait un
point de vue idéal du poëte d'une époque
où tout semblait donner un cruel démenti
aux plus généreuses aspirations de l'humanité, et où l'on sentait les atteintes pro-
fondes d'une corruption sans remède. Horace était homme de cour et homme du
monde ; mais le fils de l'affranchi sut gar-
der sa dignité en face de chefs tout puissants, inquiets de l'opinion qu'il avait con-
çue d'eux et jaloux de son amitié. Son âme
était animée d'un noble patriotisme et nul-
lement dépourvue de candeur ; il s'efforçait
constamment de la ramener par les lumiè-
res de l'art et de l'intelligence à la nature
dont ses contemporains dégénérés avaient
depuis longtemps quitté le sentier. Sa Muse
est un peu abstraite et déjà cosmopolite.
Les aigles romaines qui flottent sur les fron-
tières des Parthes, des Numides, des Gè-
tes et des Scythes forment comme un hori-
zon lointain dont il encadre ses gracieux
tableaux. Comme tous les poëtes qui arrivent
à la gloire plutôt par la réflexion et la critique que par la fureur sacrée, il se lassa
de bonne heure de produire, et il légua à
ses successeurs dans ses épîtres comme
dans un testament l'ensemble de ses doc-
trines philosophiques et littéraires. Il y fit

une profession de foi très-éclectique, et condamnant le *naturalisme* des poëtes surannés de la république, il recommanda l'étude et l'imitation intelligente des grands auteurs de la Grèce.

IV

A mesure que l'empire descendait tous les degrés de la honte et que l'on commençait à goûter les fruits amers du plus exécrable des despotismes, les protestations de la satire devinrent plus acerbes et plus farouches. Après Turnus, Sulpicia et quelques autres dont il nous reste à peine le nom, signalons les pages vigoureuses de Persius qui appartenait à cette illustre secte des stoïciens, qui, au milieu de l'écrasement universel, osa seul faire acte d'une opposition courageuse, mais intempestive. La vertu austère et un peu hautaine de ses adhérents et même le noble martyre de quelques-uns d'entre eux (Thraseas Pœtus et Helvidius Priscus) restèrent sans profit pour les mœurs et la liberté. On les voit disparaître semblables à ces vieux sénateurs de Rome républicaine, qui, ne voulant pas survivre à la chute de la patrie, attendirent immobiles sur leurs chaises curules la mort de la main des Gaulois vainqueurs. La satire de Persius respire les sentiments les plus élevés, la haine du vice et le mépris du présent. Sa phrase est obscure, son style outré, dur, sentencieux, comme s'il avait voulu impressionner plus fortement ses lecteurs par des axiomes exprimés sous forme d'oracles. Il mourut jeune et n'eut pas le temps de terminer son œuvre.

Elle fut reprise par *Juvénal*, qui peignit sous les plus sombres couleurs le tableau de cette corruption romaine à laquelle n'a jamais ressemblé aucune autre. Il nous montre la capitale du monde devenue un cloaque infect où grouillent au milieu d'une affreuse pourriture les métiers les plus infâmes, les vices innommés, les bassesses les plus écœurantes, toutes les lèpres, toutes les abjections de la nature humaine. Ses satires sont avec la tragédie de Sénèque, qu'on a justement appelée la tragédie de la terreur, le commentaire le plus éloquent et le plus véridique des annales de Tacite. Elles ne furent écrites ou au moins publiées qu'après la mort de Domitien, cet empereur dont l'impitoyable et lâche tyrannie avait bâillonné tous les talents, et n'avait toléré que les poëtes lauréats et des littérateurs mendiants. Il avait protégé Stace et laissé vivre Martial, l'épigrammatiste, qui eut le cœur (ainsi que le fameux Pétronius Arbiter, auteur présumé du Satyricon) de se jouer dans ses œuvres des

hontes et des impuretés du siècle et de se
complaire dans ses ordures.

La satire avait rempli sa mission et fait
son devoir : elle n'avait plus qu'à se taire
et à abdiquer. Une vieille légende dit que
le basilic meurt, lorsqu'il vient à décou-
vrir dans un miroir sa hideuse image.
C'est ainsi que le vieux monde s'était re-
connu et senti condamné. Au milieu de
générations qui s'étaient prises en horreur
et avaient soif de la mort, l'excès du mal
en engendra le remède. On vit briller l'au-
rore d'un meilleur avenir, les Antonins
commencèrent à régner. Un souffle vivi-
fiant et régénérateur, parti de l'Orient, re-
trempa, en chassant les miasmes du poly-
théisme, les âmes défaillantes du pauvre
peuple, tandis que, ranimant jusqu'au stoï-
cisme lui-même, il renouvelait l'atmosphère
où vivaient les classes supérieures et par
un Epictète donnait à l'empire un Marc-
Aurèle. Plus tard des soudards revêtus de
la pourpre pourront se disputer encore un
sceptre sanglant et se l'arracher en s'entre-
poignardant ; ils pourront savourer jusqu'à
la lie la coupe des voluptés et rouler jusqu'aux
derniers abîmes de la débauche ; les barbares pourront se partager les dépouilles
d'un empire tombant en lambeaux, cet empire lui-même pourra périr, peu importe
désormais : — les bases mêmes de la so-

ciété sont raffermies et cette société est
sauvée, — car elle est chrétienne.

Le lyrisme grec et latin se comparent à
peine : le premier est national, un produit
naturel du sol hellénique ; le second est le
résultat d'une imitation à la fois savante et
originale. Le premier, malgré la grâce et la
beauté indéfinissable qu'on retrouve dans
ses œuvres, a une certaine saveur locale, un
goût de terroir, un caractère de *particula-
risme*, pour ainsi dire, qui nous oblige de
faire un effort pour mieux le comprendre et
pour en jouir avec connaissance de cause.
La jouissance que nous procurent les lyriques latins est moins fine, mais elle est
plus facile à cueillir. Rome étant la ville du
monde entier et le monde entier s'étant
formé sur Rome, ces lyriques sont d'une
vérité plus générale et plus abstraite ; ils
parlent aux sens, à l'esprit de tous. Leur
art, à cause de son infériorité même, a plus
de prise sur notre fibre plus grossière.
Quoi qu'il en soit, il convient de faire une
réserve pour Horace ; il n'a pris aux Grecs
que le moule où il a coulé sa pensée ; il ne
se traîne à la suite de personne ; il est au
contraire, sous beaucoup de rapports, le
précurseur du lyrisme moderne. Il faut
faire aussi une place à part à la satire des
Romains : elle leur appartient en propre ;
elle donne plus que tout autre genre la me-

sure de leur génie poétique ; elle est l'honneur de leur littérature..

Comparaison des Lyriques Anciens et Modernes.

Dans les temps modernes le lyrisme se
dégage plus péniblement de l'ensemble des
littératures et aussi des genres qui en suivent ou précèdent la formation. On pourrait dire qu'il se détache sur un fond plus
brouillé, qu'on le trouve un peu partout,
qu'il s'y présente plutôt sous l'aspect d'une
vaste nébuleuse que d'une constellation
rayonnante. La raison en paraît être dans
la révolution même que l'esprit humain
doit traverser. Les facultés imaginatives
étant moins développées dans les peuples
modernes qui après tout sont des peuples
vieillissants, et l'instinct d'un art créateur
étant moins sûr de lui, il devait y avoir et
il y eut en effet une certaine confusion dans
l'épanouissement littéraire de l'Europe
chrétienne et un certain trouble dans la
succession des différents genres de poésie.
Ainsi l'épopée, qui a un caractère dramati-
que au temps de l'invasion des barbares, a
un caractère lyrique et subjectif, lorsque le
christianisme y pénètre. Alors elle chante
la passion du Christ, le martyre de ses dis-
ciples, les œuvres des saints : puis elle

passe en revue, elle s'approprie toutes les
légendes de l'Ancien Testament. Quand
elle s'empare des hauts faits de Charlema-
gne, elle les envisage comme ayant été tous
accomplis dans l'intérêt de la religion ; elle
considère le grand empereur comme un
oint du Seigneur, et dans les douze pairs
qui l'entourent elle voit le symbole des
douze apôtres. Dans les poëmes épiques
d'Arthur et de la Table-Ronde paraît pour
la première fois cette maladie de l'amour,
de la *Minne*, nouvel élément de dissolution
qui devait peu à peu conduire la haute épopée au lyrisme. Dans les romans d'Amadis
toutes les qualités des paladins chrétiens
étaient tellement portées à l'excès, un faux
idéal et des récits fabuleux avaient tellement
effacé toute trace de vérité et de réalité,
qu'une réaction salutaire devait bientôt
mettre fin à ce genre épuisé et sénile, et le
signal de cette réaction fut le Don Quichotte
de Cervantes suivi de toute la série des romans comiques et picaresques. Quant à
cette veine lyrique et subjective qui colo-
rait jusqu'à des productions aussi nationa-
les que l'étaient les chants du *Cid el Cam-
peador*, elle se révèle encore par des signes
tout extérieurs, *la stance* et *la rime*. L'antique épopée, repoussant une unité de plan
trop forte, était rebelle aussi à la fixité que
les *ottave rime* auraient dû lui imprimer.

L'Arioste, par la forme même de son poëme,
dit M. Bœckh (cours de littérature grecque,
1838), a déjà un caractère plus réfléchi.
Comme l'épopée antique vivait dans la bouche du peuple, changeait et se renouvelait
souvent, elle ne pouvait trouver de forme
plus adéquate à son essence que l'hexamètre,
κατὰ στίχον, l'hexamètre toujours le même,
s'adaptant sans difficulté et sans effort aux
hexamètres qui précédaient ou suivaient.
L'hexamètre est le vers qui est le plus com-
mode pour les épisodes, les intercalations,
les interpolations. Aussi Schiller en dit-il
avec vérité : Il vous entraîne à vous donner
le vertige sur ses vagues sans cesse re-
naissantes ; derrière vous, devant vous,
vous ne découvrez que le ciel et la mer
(cœlum undique et undique pontus). Le
lyrisme au moyen âge s'est frayé un chemin
jusqu'au drame même. L'Espagne en fait foi.
Les poëtes Lopez de Véga et Caldéron rappellent tout naturellement Eschyle, le poëte
tragique de la Grèce qui a fait la plus
large place au lyrisme et que, sous d'autres
rapports (celui du style surtout), on a tant
de fois comparé à Shakespeare. Le lyrisme
ne se retire des pièces anglaises que pour
faire place au vers blanc, imité et abrégé du
senaire des anciens, mais qui devait, bien
autrement que ce dernier, préparer l'avé-
nement de la prose.

Chose curieuse! le lyrisme, que nous rencontrons partout dans les temps modernes, qui y a troublé dans sa source la pureté de l'épopée et de la tragédie, qui est le genre de poésie des races n'en ayant aucun autre, le lyrisme, lorsqu'il a voulu vivre de son propre fond, n'a fait qu'une figure médiocre dans les annales de nos littératures. Tout au contraire de l'antiquité, où l'épopée fut l'œuvre de rhapsodes pauvres et inconnus, où la poésie lyrique eut pour représentants des hommes considérables et d'énergiques personnalités, les meilleurs poëmes épiques des temps modernes portent au frontispice des noms illustres (Dante, l'Arioste, le Tasse, Milton, Ercilla, Camoëns, Klopstock); tandis qu'à la seule exception de Pétrarque, que la forme élégante de ses sonnets semble avoir fait vivre bien plutôt que leur contenu, la poésie lyrique ne paraît avoir donné qu'à un bien petit nombre de talents une célébrité hors ligne et une immortalité assurée. Ces talents, on les désigne ordinairement par groupes : ce sont les *Troubadours*, les *Minnesænger*, les *Ménestrels*, les *Meistersænger*, les *Pétrarquistes*, les *Cultos*, les *Marinistes*, les *Seicentisti*, les Ordres couronnés, les Anacréontiques, l'Ecole romantique, *the Lake-School*. Du côté de l'épopée on ne trouverait ici que la pâle série

des Trouvères. Les raisons de cette posi-
tion peu brillante des lyriques sont mul-
tiples. D'abord, le patriotisme, une des
plus riches sources d'inspiration des chan-
tres grecs, échappa ou à peu près aux poëtes chrétiens, et était remplacé par le sentiment religieux dont la plus haute expression se trouvait déjà dans la Bible. La Bible
renfermait un groupe de modèles qu'on
pouvait imiter sans espérer les atteindre.
Le poëte, privé de toute influence sur les
affaires publiques et la marche générale
des nations, était réduit à un rôle plus ou
moins frivole. L'amour, les femmes, le
printemps, le vin étaient l'éternel sujet sur
lequel roulaient ses chansons. Le lyrisme
en Grèce au contraire était consacré par
des fêtes religieuses et des jeux où, en pré-
sence d'une foule intelligente et enthou-
siaste, il faisait entendre ses accents. D'ailleurs c'était chose difficile d'écrire des
odes comme Simonide et Pindare, le poëte
devant composer en même temps que les
paroles la musique et les pas de la danse
qui les accompagnaient. Dans les temps
chrétiens ceux-là seuls restèrent poëtes
lyriques qui ne se sentaient pas la force
d'aborder une œuvre de longue haleine.
Quiconque croyait posséder le feu sacré
voulut attacher son nom à des compositions
épiques et dramatiques, ou au moins à une

allégorie, à un poëme didactique, genres
de poésie ingrats et bâtards, mais, comme
il était naturel, plus souvent cultivés au
moyen âge que dans l'antiquité. Aussi les
Dante, les Arioste, les Milton, les Shakespeare, tout en s'illustrant de chefs-d'œuvre épiques et dramatiques, laissèrent-ils
échapper nonchalamment, à des heures
perdues, des notes du lyrisme le plus suave.
C'était le moins qu'ils fussent aussi poëtes
lyriques. En revanche le lyrisme eut l'avan-
tage de durer toujours, tandis que l'épopée
et le drame n'eurent qu'un temps. Mais
dans le moyen âge proprement dit, l'épopée et le drame sont tellement prédomi-
nants, absorbent tellement l'activité des
âmes inspirées et poétiques, que les dernières grandes productions de la première
(la Gerusalemma liberata et les Lusiades)
sont relevées immédiatement par les premières œuvres du cothurne espagnol.

Ce n'est qu'à la fin du dernier siècle,
lorsque notre grande révolution agitait et
bouleversait toutes les couches de la société européenne que le lyrisme eut un
brillant et dernier réveil. Malheureusement
la révolution ne rencontra pas une généra-
tion naïve et ouverte aux nobles chimères
de la poésie. C'était le cerveau qui avait
échauffé le cœur, tandis que dans les races
primitives c'est le contraire qui a lieu ; l'i-

magination s'élève lentement jusqu'à la réflexion qui la couronne et y descend pour
mieux la gouverner. Le lyrisme nouveau
eut donc quelque chose du raffinement
tourmenté de notre époque. Malgré le ta-
lent et la verve dont il fit preuve, il ne laissa
pas d'être quelque peu savant et alexan-
drin, et la plus petite partie seulement de
ses œuvres resta dans la mémoire du peuple. Les plus grands poëtes de nos jours se
sont aperçus de cette défaveur du temps ;
ils ont compris qu'ils n'étaient appréciés
que des classes instruites, lettrées ; qu'ils
étaient étrangers à un siècle où dominent
les intérêts matériels, positifs, et qui est
loin de regretter le beau idéal perdu. C'est
précisément ce regret qui a inspiré des accents si mélancoliques à Schiller et à quelques-uns des romantiques. C'est vers le
passé qu'ils se tournent, le présent n'offrant
aucun sujet à leur regard attristé. D'autres
ont célébré la puissance créatrice et mystique que recèle le grand tout (Goëthe, Rü-
ckert, Shelley), d'autres se sont abandonnés
à je ne sais quelle veine de scepticisme et
de misanthropie (Byron, Heine), ou bien
ils ont tiré de leur luth des sons tendres,
plaintifs et tristes qui rappellent des chants
d'église (Lamartine) ; ou bien encore ils
sont allés chercher sous des latitudes loin-
taines, en Asie, en Afrique et jusque sur

les vagues de l'Océan des couleurs nouvelles pour leur palette et des sujets pour leur
imagination épuisée (les Orientales, Frei-
ligrath). D'autres ont fait de l'esprit jusque dans leurs vers ; ils en ont enveloppé
les pointes d'images hardies, bizarrement
contrastées, de tons crus et chauds, et pré-
parant des surprises étranges, ils ont produit de grands effets, mais qui n'ont rien de
poétique (Alfred de Musset).

Il y a eu des moments cependant au milieu du vieux monde qui s'écroulait et du
nouveau qui naissait de ses décombres, où
leur génie est apparu aux nations, a fait
battre leur cœur et tressaillir leurs fibres
les plus intimes. Alors quelque barde inspiré, inconnu souvent, trouve le mot et la
note qu'attendent et que répètent aussitôt
des millions de voix. Des peuples entiers
ont été transportés ainsi par le souffle
poétique et portés aux derniers dévoue-
ments. C'est la France qui, au son de la
Marseillaise et du *Chant du Départ*, préci-
pite ses héroïques phalanges sur les masses
soudoyées des rois, et qui, quarante ans
plus tard, soulevée par les accents du poëte
national, efface de son sol les dernières tra-
ces de l'invasion étrangère ; — ce sont les
patriotes espagnols marchant à la mort en
entonnant l'hymne de Riégo ; c'est la Grèce
ressuscitée appelant ses enfants à la guerre

sainte de l'indépendance ($\delta \varepsilon \tilde{\upsilon} \tau \varepsilon$, $\pi \alpha \tilde{\iota} \delta \varepsilon \varsigma \tau \tilde{\omega} \nu$ $\mathrm{E} \lambda \lambda \acute{\eta} \nu \omega \nu$) : c'est l'infortunée Pologne se-
couant encore et encore son sanglant lin-
ceul (lève-toi, bande de Kosziusko ; la
Pologne n'est pas encore perdue) ; c'est la
molle Italie elle-même qui se réveille en
chantant Garibaldi et la liberté.

Ce sont là de grands spectacles ; ils nous
reportent en arrière aux temps de l'ancienne
Grèce où les fils de Sparte marchaient au
combat en chantant les anapestes de Tyrtée,
où les Athéniens entonnèrent le péan dans
les glorieuses journées de Marathon et de
Salamine, où tous les guerriers étaient
citoyens, et où tous les citoyens étaient
libres ! Dans nos Etats modernes ces spectacles ne sauraient durer qu'un jour ! La
littérature tient peu de place dans les pré-
occupations du siècle, et le lyrisme occupe
un rang bien modeste parmi les œuvres de
nos littérateurs.

L. BENLOEW.

www.ingramcontent.com/pod-product-compliance
Lightning Source LLC
Chambersburg PA
CBHW061700180626
46818CB00003B/1182